T DE CHANCEL S.

DEMI SOURIRES

1863

DEMI SOURIRES

ERNEST DE CHANCEL

DEMI SOURIRES

1863

MA PRÉFACE

J'ai depuis bien longtemps de la tristesse à l'âme,
Et je cherche quelqu'un qui me prenne en pitié ;
Mon regard suppliant en vain à chaque femme
Semble dire : J'ai bien de la tristesse à l'âme !
Pas une ne me dit : Donne-m'en la moitié !

J'ai tant besoin d'aimer ! oh ! veux-tu que je t'aime ?
Veux-tu que tes soupirs coulent avec les miens ?
Veux-tu que nos deux cœurs ne soient plus que le même ?
Je t'aimerai si bien si tu veux que je t'aime !
Mes jours seront si beaux mêlés avec les tiens !

A ELLE

Lorsque j'étais enfant et que ma sainte mère
Chaque jour me faisait épeler ma prière,
Pour me rendre attentif elle peuplait le ciel
De ces blonds chérubins, semés par Raphaël
Autour de ses tableaux en riante guirlande,
Pour nous encourager à faire une demande
Qu'ils sont prêts à porter, en prenant leur essor,
A la sainte qui fuit sur un nuage d'or.
Je m'étais fait du ciel une brillante image,
Et pour le mériter j'avais soin d'être sage.
Les étoiles étaient les fleurs que les élus
Semaient en souriant sous les pas de Jésus,

Ou bien les diamants dont la vierge Marie
Se pare chaque soir quand le peuple la prie.
Avant de s'endormir, auprès de mon chevet,
Après avoir prié, si ma mère rêvait,
Quand elle souriait je voyais comme une aile
Qui venait doucement se reposer sur elle ;
Et je croyais alors que mon ange gardien,
Secouant des lilas dans sa robe légère,
Planait sur le sommeil du fils et de la mère,
En protégeant ainsi mon repos et le sien.
Comme de gais oiseaux qui prennent leur volée,
Ces jours si purs, hélas ! bien loin se sont enfuis,
A peine si je crois... Mon âme désolée
N'a plus que des remords, des regrets, des ennuis.
Si pour prier le soir j'entre dans une église,
Mon pauvre cœur meurtri ne sait plus que pleurer
Au souffle du passé qui le vient effleurer,
Si pour prier le soir j'entre dans une église.
Au mois où le printemps chante dans chaque fleur,
Qui porte parmi nous le doux nom de Marie,
J'ai cru vous retrouver, ô ma mère et ma sœur,
Dans une chaste enfant qu'en rêvant j'ai suivie.
Elle s'agenouillait aux marches de l'autel
Et levait, pour prier, ses beaux yeux vers le ciel.

Comme alors le passé chantait dans ma mémoire !

Quand cette enfant priait, comme je voulais croire,

Et comme je voulais redevenir meilleur,

Car je pensais à vous, ô ma mère et ma sœur !

Cette enfant au front pur avait le doux sourire

D'une mère attentive en veillant un berceau ;

Tel un beau cygne blanc en se jouant se mire

Au milieu de ces fleurs naissant au bord de l'eau.

Une sérénité que rien d'humain n'altère

Embellissait son front ; son œil plein de rayons

Rappelait ces tableaux de maître, où nous voyons

Une sainte souffrante et lasse de la terre,

Attendant le repos du charme de la mort,

Qui doit la délivrer et la conduire au port.

Oh ! je l'admirais tant, je la trouvais si belle,

Que si je n'avais craint d'exciter son courroux,

Je me fusse en tremblant prosterné devant elle

Involontairement en tombant à genoux.

Comme une fleur d'hiver dans le soleil baignée

Qui se pare un moment des plus vives couleurs,

Celle, sans y songer, qui calmait mes douleurs,

Après avoir prié se levait résignée.

Je la suivis des yeux en la voyant partir;

Et pour conserver d'elle un plus doux souvenir,

Je tombais à genoux au fond de la chapelle :

Il sera plus facile à Dieu de me bénir,

Pensais-je en me signant, si je prie après elle.

Mais je priais fort mal, et je m'aperçus bien

Qu'elle emportait mon cœur, sans se douter de rien.

APRÈS UN BAL

Je ne veux pas, mademoiselle,
Vous dire un mot de vos cheveux,
De votre esprit qui se révèle
En venant briller dans vos yeux.
Comme vos danseurs de quadrille,
Je ne veux pas trop lourdement
Vous débiter un compliment;
Oui, gracieuse jeune fille,
Il est dangereux de vous voir,
Car vous plaisez sans le savoir.
Ne vous mettez pas à sourire;
Je vous confesse avoir bien peur
De me laisser prendre le cœur.
Si par hasard j'allais vous dire
Ce que je pense à votre endroit,
N'auriez-vous pas l'impertinence

De me trouver bien maladroit
En vous contant ce que d'avance
Vous savez ? — car sur tous les tons
Je suis bien sûr qu'on vous répète
Toujours l'éternelle sornette :
Les hommes sont de vrais moutons.
Aux roses si j'avais pu prendre
Le chant que la brise du soir
Soupire d'une voix si tendre,
Que l'on s'étonne et cherche à voir
Si la rose sous le feuillage
Ne cache pas un rossignol,
Pour répondre à ce doux langage
Une note saisie au vol.
Alors vous me verriez peut-être
A vos pieds venir à mon tour,
Pour vous prier de me permettre
De vous chanter en troubadour.
Mais, hélas ! je n'ai pas de lyre ;
Je n'ai jamais pu me douter
Du chant que la rose soupire,
Et je ne suis que l'écouter,
Les yeux fixés sur les nuages
Que je prends tous pour des images.

On vous prenait, l'hiver au bal,
Pour une rose... sans épine ;
Personne ici ne s'imagine
Que je ne fasse un madrigal ;
Mais il suffit qu'on vous rencontre,
Pour qu'à l'instant il saute aux yeux
Que vous êtes mille fois mieux
Que dans mes vers je ne vous montre.
La rose ne vit qu'un matin
Pour parler comme Malherbe ;
Le soir, la reine du jardin
Tombe et meurt au milieu de l'herbe...
Vous ne pouvez, de jour en jour,
Que prendre une grâce nouvelle ;
Mais à quoi bon nouvel atour?...
Vous n'êtes déjà que trop belle !

ENVOI.

Dans la vie où tout vous sourit,
Charmante enfant, soyez de celles
Qu'un ange garde sous ses ailes
Et que chaque jour Dieu bénit.

A Mme SOPHIE DE PICHON.

Du bon vieux temps pour vous parler, madame,
Il me faudrait le luth d'un troubadour,
Le tour heureux de votre esprit de femme,
Esprit qu'on perd, hélas ! de jour en jour.

Les troubadours ont caché dans leur tombe
Leur luth d'ivoire aux magiques accords ;
Je n'ose pas, le soir quand la nuit tombe,
En maraudeur mettre les pieds dehors.

Je serais pris par un maigre gendarme
Qui dresserait un long procès-verbal ;
Du luth divin comprendrait-il le charme?
Voler un mort, dirait-il, c'est bien mal.

En tapinois si je pouvais vous prendre
Une heure au plus votre esprit gracieux,
Vous me verriez, sans retard, entreprendre
De vous conter les mœurs de nos aïeux.

Mais votre esprit court toujours par la ville ;
Le soir, il est la folle du logis ;
Le joindre, hélas ! m'est chose difficile,
Car le matin il s'éveille à Paris.

Votre pinceau, plus riche que ma plume,
Montrerait bien la duchesse en panier,
En soupirant, parcourant un volume
Qu'elle s'empresse aussitôt d'oublier.

La voyez-vous, le pied dans sa pantoufle
Qui donnerait envie à Cendrillon,
Mettre à sa joue, en retenant son souffle,
Un peu de poudre avec du vermillon.

Mais laissons-la, laissons cette coquette,
Cela pourrait devenir dangereux;
Votre pinceau ferait tourner ma tête,
Et c'est ainsi qu'on devient amoureux.

Auprès de vous il vaut mieux que j'oublie
Quand vous contez que nous devons vieillir,
Et qu'attentif pour plus tard j'étudie
Le grand secret de toujours rajeunir!

MON IDÉAL.

Ce n'est pas un tableau du Guide ou du Corrège,
      Mon idéal ;
Ce n'est pas vous non plus, marquise au corps de neige,
      Reine du bal.

Ce n'est pas de Mozart la douce rêverie
      Au chant plaintif;
Ce n'est pas l'océan, dont la vague en furie
      Bat le rescif.

Ce n'est pas le rayon des tremblantes étoiles
      Aux reflets d'or,
Car je sais deux grands yeux entrevus sous leurs voiles
      Plus doux encor !

Ce n'est pas le matin, le parfum qui s'exhale
      De toute fleur,
Qui voit, quand le vent passe, entre chaque pétale,
      Voler son cœur.

Ce n'est pas la chanson que l'oiseau chante aux roses
      A leur réveil,
Lorsque leur corset vert, sous leurs feuilles écloses,
      S'ouvre au soleil.

C'est une douce enfant qui n'a rien de la terre,
      Tant son regard
Semble inspiré du ciel, alors même qu'il erre
      Comme au hasard.

Pour moi son front si pur rappelle la madone,
      Quand l'encensoir
D'un nuage odorant lui fait une couronne
      Aux chants du soir.

S'il ne fallait, hélas ! que lui donner ma vie
      Pour l'obtenir,
Oh ! vous verriez alors ma pauvre âme ravie
      Prête à mourir.

Mais il faut faire plus, car c'est une héritière ;
      Je sais très bien ·
Qu'il faut timidement se tenir en arrière
      Quand on n'a rien.

Allez au moins, mes vers, saluer cette belle
      Dans votre vol ;

Soir et matin, mes vers, tentez d'être pour elle
Le rossignol.

Je suis fou de vouloir rappeler de ce maître
L'accent vainqueur;
Je le pourrais, je crois, si Dieu voulait permettre
Qu'on vît mon cœur;

Soupirer sur un nom, mais si doux que je n'ose
Même écouter
Mon cœur, qui ne sait plus faire rien qu'une chose,
Le répéter.

Rossignol et mon cœur, vous seriez mis en cage
Un beau matin,
Pour bientôt y mourir, selon l'antique usage,
Mourir de faim.

Tombez toujours, mes vers, comme des fleurs nouvelles
Sur ses genoux,
Et laissez à ses pieds, en déployant vos ailes,
Des chants si doux;

Que la charmante enfant sourie à les entendre
Sans m'en vouloir,
A moi qui de l'aimer n'ai pas pu me défendre
Rien qu'à la voir.

A Mlle FERNI.

I.

On conte que Paganini
Dans un violon mit une âme,
Etincelle, étoile ou flamme
Perdue en Dieu dans l'infini.

II.

Que de tristesse et que de charme,
Quand sous la main du demi-dieu,
L'âme vibrant dans une larme,
Laissait tomber comme un adieu !

III.

Il suffit que l'on vous entende
Quand vous chantez vos chants si doux,
Pour vous admirer à genoux,
Comme l'âme de la légende.

IV.

N'avez-vous pas le souvenir
De la prison mystérieuse,
D'où votre âme harmonieuse
A pris son vol pour nous ravir?

V.

Je n'ose pas, mademoiselle,
Vous raconter que l'autre soir,
J'ai pris votre bras pour une aile
Qu'un séraphin me laissait voir.

VI.

Et je ne trouvai pas étrange
Que mon esprit vînt à douter
Si l'aile n'était pas d'un ange
Qui venait du ciel écouter.

VII.

Je ne crois pas que le ciel même
Entende un chant qui soit si doux,
Même pour dire je vous aime,
Que ceux qu'on entend près de vous.

VIII.

Toute gloire vous est donnée,
Vous voyant jeune aux yeux si doux ;
La Muse vous a couronnée
Et le poète est à genoux !

CHANT D'AMOUR

Où donc te rencontrer, toi que je vois en rêve ?
Ne seras-tu jamais rien qu'une vision
Que commence le cœur et que l'esprit achève,
En faisant au réveil s'enfuir l'illusion ?

Si tu savais combien je te prête de charmes,
Tu viendrais doucement pour me tendre la main,
Marchant à mes côtés, en essuyant mes larmes,
Tu saurais écarter les ronces du chemin.

Charmante enfant, je crois que je t'aimais d'avance,
N'es-tu pas le présent? le passé? l'avenir?
Que si ton nom si doux est seul dans l'espérance,
Il est seul dans mon rêve et dans mon souvenir.

Qui t'éloigne de moi? je n'ai pas de voiture,
Je ne possède pas le plus petit hôtel ;
Dans le monde où je vais, je fais maigre figure,
Pas plus, ma foi, pourtant que monsieur tel ou tel.

Un jour, te promenant rêveuse au bras d'un autre,
Tu pleureras peut-être un cœur qui nous comprend ;
Surtout si ton mari, faisant le bon apôtre,
En voulant t'épouser n'a vu que ton argent.

On se moque aujourd'hui du cœur, de la chaumière ;
Je t'aime beaucoup trop, pour trouver qu'on a tort ;
Si par hasard le ciel écoutait ma prière,
Toutes, en te voyant, envieraient ton sort.

Comprends-tu seulement qu'à toi seule je pense?
Que suis-je? hélas ! un rimeur sans le sou ;
Voudrais-tu seulement, dans ta belle innocence,
Sourire au malheureux que ton nom seul rend fou?

Rêvons donc, rêvons donc, quand on est sans fortune,
On peut, comme les chiens, aboyer à la lune
Mais espérer un cœur qui veuille vos serments...
Vous prendriez plutôt la lune avec les dents !

CONSTANCE.

Constance aux yeux bleus, à la brune tresse,
Mon cœur amoureux est pris de détresse
      Alors que pour sortir,
Comme un jour d'avril je vous vois joyeuse,
Et que votre jambe, ô ma gracieuse,
Sur tous les trottoirs s'amuse à courir.

Combien de regards vont sous votre ombrelle
Pour vous rappeler que vous êtes belle !
      C'est presque un miroir ;
Et la femme, hélas ! comme l'alouette,
Devant un miroir perd souvent la tête
Sans songer à mal, rien que pour se voir !

Constance, j'ai peur que celui qui passe
Par un mot heureux pour toujours ne chasse
　　　L'amour de votre cœur ;
Un roi nous l'apprend : la femme varie,
Et bien sot, dit-on, celui qui s'y fie
En osant rêver, rêver de bonheur.

Croyez-moi, Constance ; au siècle où nous sommes,
On ne saurait trop redouter les hommes ;
　　　Ces fous de changement,
Pour toutes ont l'air plein d'un zèle extrême ;
La bouche qui dit le mieux : Je vous aime !
Est presque toujours la bouche qui ment.

Ne courez donc plus ainsi, vagabonde ;
Abandonnez-moi votre gorge ronde
　　　Et laissez-m'y dormir ;
Oublions à deux le monde et l'envie,
Et si vous m'aimez, vrai Dieu, sur ma vie,
Vous ne pourrez plus songer à sortir !

L'OREILLE.

A MON AMI DOUILLARD.

Comme j'admire votrè oreille,
Qui se cache sous vos cheveux !
Dans ce nid la coquette est mieux
Que dans une fleur une abeille.

L'abeille, dès que le jour luit,
Laisse la fleur ; et la rosée,
Qui sur son aile s'est posée,
Dans son vol au soleil reluit.

Par les herbes de la prairie
Elle s'en va chercher son miel ;
L'abeille, à courir sous le ciel,
Passe presque toute sa vie.

Des vanités de chaque fleur
Elle se joue avec malice,
Prenant le suc de son calice
Sans rien prendre de sa couleur.

Comme d'être belle elle est sûre,
La fleur reçoit avec transport
L'abeille sur son sein qui dort
Sans même effleurer sa parure.

Que de femmes comme la fleur,
Qui, ne voyant que la parure,
Iront dénouer leur ceinture
Sans s'inquiéter de leur cœur !

Beaucoup plus sage que l'abeille,
Je comprends pourquoi votre oreille
Paraît au comble de ses vœux
Quand elle dort sous vos cheveux.

C'est qu'elle sait que par le monde
Il lui faudrait courir, courir,
Sans trouver une épaule ronde
Comme la vôtre, pour dormir.

Je pense comme votre oreille :
Eût-on les ailes de l'abeille,
Pour dormir où trouver mieux
Qu'un nid le soir sous vos cheveux ?

On ne pourrait, mademoiselle,
De votre oreille avoir la sœur,
Hélas ! pour moi j'en ai bien peur,
Qu'en prenant l'autre pour modèle.

De vous comment la détacher
Sans vous voir, la perle à l'oreille,
Aussi méchante qu'une abeille
Qui bourdonne pour se fâcher ?

Permettez que je les admire
De loin, de loin toutes les deux ;
J'aurais pourtant voulu leur dire
Un mot, un seul, sous vos cheveux.

Que pense votre jeune tête ?
Votre oreille doit le savoir ;
A votre cœur elle répète
Les mots d'amour, les mots d'espoir.

Mais souvenez-vous de l'abeille,
Qui ne laisse aux fleurs que l'habit ;
Pour qu'on vous prenne par l'oreille
Vous avez beaucoup trop d'esprit.

MORALE.

Si tu savais, enfant, le mal que fait le doute,
Tu mettrais tous tes soins à pouvoir m'en guérir ;
Tu calmerais mon cœur qui tremble et qui redoute
De t'aimer beaucoup trop pour cesser de souffrir.

Quand tu rougis d'orgueil, alors qu'à ton oreille
Vient bourdonner le soir un doux propos d'amour
Si banal que bien sûr on te l'eût dit la veille,
Si tes vingt ans étaient en retard d'un seul jour !

Tu ne t'en irais pas ébaucher dans ta tête,

Sous la foi d'un propos, un merveilleux roman,

Menteur comme la joie au milieu d'une fête

Ou les vœux de bonheur du premier jour de l'an.

Quand paresseusement tu vas à ta fenêtre,

De ta petite main soulever ton rideau,

Pourquoi te montres-tu si fière de paraître

Avec tes cheveux noirs aux regards d'un lourdeau?

Bien que tes yeux soient bleus, ils renferment des larmes ;

Il suffit d'un malheur pour les faire couler ;

De beaucoup moins, souvent, Constance, tu t'alarmes,

Rien que pour ton burnous, que tu crains de fouler.

Qui te consolera, lorsque ta pauvre mère

Dormira son sommeil dans le fond du tombeau ;

Quand tu n'entendras plus sa voix qui t'est si chère

Te calmer comme on calme un enfant au berceau ?

Cherchant autour de toi, tu n'auras que le vide,

Pas une main amie où reposer ta main ;

Si tu ne contiens pas déjà ton âme avide,

Qui ne voit qu'aujourd'hui, sans songer à demain.

A notre pauvre amour garde donc une place,
Petite, si tu veux, mais au fond de ton cœur ;
On m'a si bien appris, vois-tu, comme tout passe,
Que je voudrais toujours au temps de la disgrâce
Savoir où rencontrer une petite fleur.

LE MIRAGE.

L'oasis ! l'oasis ! courage, voyageur,
  La source est là-bas fraîche et douce ;
  Là-bas, là-bas un lit de mousse
Où reposer ton corps tout brûlé de sueur.

Là-bas le beau palmier avec sa tête altière
  Qui se déploie en parasol :
  Il laisse tomber sur le sol
De l'ombre à rafraîchir la caravane entière.

Là-bas le beau jasmin et son feuillage vert
  Tout parsemé d'étoiles blanches ;
  Là-bas l'oranger dont les branches
Saturent de parfums le souffle du désert.

. . . .

. . . .

. . . .

. . . .

Et sur le flanc poudreux du désert, l'étranger
Sentait son pied voler plus ferme et plus léger,
Car l'espérance au cœur lui soufflait le courage ;
Le soleil le brûla tout le jour, puis le soir
S'éteignit, comme hier dans le sable ; et l'espoir
Avec lui ; l'oasis n'était que le mirage.

  Hélas ! c'est moi, ce voyageur ;
C'est tout pauvre jeune homme égaré dans la vie,
Avec ses beaux pensers plein la tête et le cœur
Et ses rêves brillants d'amour, de poésie !
C'est moi, ce voyageur, moi d'abord si joyeux,
Moi promenant mes pieds si gaîment dans l'espace ;
Vingt ans sont si légers ! si bleus étaient les cieux

Et si beau l'avenir à regarder en face !
Tout est d'or à vingt ans ; le duvet du berceau
Vous tient tout moite encor, le cœur est sans orage,
L'âme vibre à l'amour comme au vent le roseau
Vingt ans, c'est l'oasis , plus tard, c'est le mirage !

Bordeaux — Typ. Ve Justin Dupuy et Ce, rue Gouvion, 20.

www.ingramcontent.com/pod-product-compliance
Lightning Source LLC
Chambersburg PA
CBHW071256210626
46818CB00013B/1729